Honey Lemon Soda

1

Mayu Murata

CONTENTS

Inhalt

Wofür möchtest du dich verändern?

Um einen Platz an der Schule zu finden?

Das spielt zwar auch eine Rolle ...

... doch vor allem möchte ich dir ein wenig näherkommen.

Honey Lemon Soda

Er ist immer etwas ruppig.

Sa...

Sag das mit etwas mehr Gefühl!

Miura-kun*...

*Anrede für Jungen und jüngere Männer

...starrt mich so an.

Sorry.

Sie ist in unserer Klasse.

Sie sitzt neben mir.

Habt ihr sie hier schon mal gesehen?

Ach, wirklich?

Irgendwie wirkt sie vom Typ her ganz anders als alle.

In meinem bisherigen Schulleben ...

Es tut mir leid!

Hä?!

Sie spricht so leise!

Warum entschuldigst du dich?!

Umkleide

Jedoch bin ich da nicht über die Planungsphase hinausgekommen.

... habe ich kaum schöne Erinnerungen gesammelt.

Ich bin einfach weggelaufen.

In der Highschool jetzt wollte ich eigentlich offener und spaßiger sein.

In der Mittelschule war mein Spitzname einfach nur »Ishi«, der Stein.

Aber so ist das hier vielleicht einfach.

Wenn ich vor anderen stehe, versteinert mein Gesichtsausdruck einfach.

Bei anderen ...

... macht mich irgendwie froh.

Aber dass Miura-kun mich vollgespritzt hat ...

Uarghs!

Sei nicht so down!

PLATSCH

»Du gehst mir irgendwie auf die Nerven.«

Ist das etwa seltsam?

... sorge ich immer nur für Unbehagen ...

... dass der Lehrer nichts dazu sagen wird, dass ich meine Sportsachen trage ...

Ich hoffe aber ...

Miura-kun sah heute wieder so cool aus.

So auf ganz viele Arten.

Hm?

Warum trägst du deine Sportsachen ...

Und vom Charakter her wirkt er auch so gelassen und direkt.

Jetzt der Tagesdienst.

Er hat »voll cringe« gesagt.

... Kai Miura?

Ich habe Brause verschüttet.

Hm?

Huch?

Du auch, Ishimori?

Oh ...

Ah, verstehe.

13

Urgh ...

Obwohl niemand im Klassenzimmer war ... ... hat sie jemanden begrüßt.

*höfliche, geschlechtsunabhängige Anrede

»...gen.«

Guten ...

»Gu...«

»...ten ...«

»Gu...«?

»...ten ...«

»Mor...«

»Mor...«

Guten Mor- gen!

Nein, ich bin nur früh aufgewacht.

Ja?

Ich bin schon in der Schule.

BRRMM BRRMM

Hm?

Hm?

Bist du ein Papagei?

19

Ähm ...

Schrei hier nicht so rum!

Hä?!

Gut.

Dann jetzt bitte Endo.

Natürlich weiß ich das nicht!!

ZUCK

Dann bleibst du nach dem Unterricht hier.

1 - B

Ich ...

... kann die Aufgabe lösen.

Jedoch ...

»Moment mal! Bist du in Ordnung?«

Darauf hab ich aber echt keinen Bock!!

Aber das wird dir sicher auch nicht helfen.

Du kannst ja deine Freunde fragen.

Mu ha ha ha ha ha!

Und eventuell mische ich mich nur unnötig ein.

... sind wir keine Freunde ...

So rette mich doch jemand!

Uwäääh!

21

Das war ihr Spitzname in der Mittelschule.

Sie redet ja nicht...

Hey, »du blöder Stein«.

... und zeigt kaum Reaktionen.

Sie war uns nur im Weg.

Beim Sport stand sie immer nur rum.

Weil sie immer so träge und verträumt war.

Wir haben sie damit alle aufgezogen.

Ha ha ha.

BRABBEL

I...

Tu...

Tut mir leid.

Entschuldige dich nicht.

Es tut mir le...

Oh.

...

Wa.

Warum ist er in der Bibliothek?

Mi... Mi... Mi... Miurakun?!

Und was schreibe ich denn da ins Tagebuch?!

Krass ...

RUBBEL RUBBEL

Ich habe mich ...

ガタッ

POLTER

Dabei ...

... bin ich doch jetzt zufällig am gleichen Ort wie Miura-kun.

Aber wieso strahle ich so eine trübe Laune aus?

29

... im Ver-
gleich zu
früher ...

HAAH

HAAH

... über-
haupt ...

HAAH

... nicht
verändert.

Normaler Abfall

...

Aber wem ...

...denn?

Wenn ich es an die Shinsei-Akademie geschafft hätte ...

...hätte ich sicher einen friedlichen Alltag gehabt.

32

Ach, wirklich? Das ist doch schön.

Es ist fast so ...

... als würde ich davor weglaufen.

Aber kommst du da allein klar?!

Eigentlich möchte ich ..!

... nicht mein Umfeld ...

Oh, meinst du wirklich?!

Du bist sicherlich die einzige Schülerin ...

... die als Wunsch die Shinsei angegeben hat.

... sondern mich selbst ändern.

Aber ...

Ich wäre lieber ...

FLAPP

BOMMS

Oje. Wir treffen Ishi in freier Wildbahn?

Shinsei-Akademie

Hachimitsu-Highschool

... auf die Hachimitsu-Highschool gegangen.

Das passt voll zu dir!

Willst du etwa auf die Shinsei?!

Oh?

!

Du wärst bestimmt überrascht, wie gut dir das stehen würde.

Hachimitsu-Highschool

Tja ...

Ich werde auch auf die Schule gehen.

37

Aufnahme-
prüfung
der
Shinsei-
Akademie

Meine
Hände
...

... be-
wegten
sich
einfach
nicht.

...einfach alles andere.

Ich wünschte...

... ich hätte noch einmal ...

LEMON SODA

Come on Come on!!

... etwas Mut.

Ishimori!

Ich habe Hunger ...!

... werd
ich mich
nicht mehr
zurückhal-
ten.

51

Es gibt einen Jungen in der elften Klasse, den ich voll toll finde.

Ach, warte. Ich mag vielleicht den gleichen.

Genau!

Er hat auch ein sehr schönes Gesicht, oder?

Etwa den blonden?

Guten Morgen ...

Tja, sein Gesicht ist aber nice.

Hä?

Blonde Haare gehen gar nicht!

Der ist zu krass drauf.

Oh.

Sparkle 2

Seto-kun ist aber auch süß.

oh.

Den mag ich voll.

Und Ayumi-chan gehört mir!

Ayumi Endo-chan*

Satoru Seto-kun

Tomoya Takamine-kun

Er ist echt cool.

*verniedlichende Anrede für gute Freund*innen und kleine Kinder

Ist das gestern ...

Sogar die oberen Klassen reden über sie.

... nicht wirklich sagen!

Ich kann es...

DRÜCK

...dann wirklich passiert?

BAMM

... da auch gerne mitmachen ...

Jetzt setzt sie sich langsam in Bewegung.

Ich möchte ...

Aber ...

... es scheint Spaß zu machen.

Ob sie wohl klarkommt?

Was denkst du denn?

Wie?

Eh ...?

Ayumi.

Komm mal kurz her.

Jepp.

Mach einfach ...

Ich will nicht!

Schließlich ...

?!

Hääääh?

I...

Ich habe das bisher ...

... oft in Gedanken durchgespielt.

Ich hatte mich unter sie gemischt.

Du hast ja richtig gute Moves drauf!

Toll?!

Es... E...

tli...

WAAAH

Klasse!!

Du bist echt toll, Ishimori-san!

Krass ...

Aber wo gehst du denn hin?

Ishimori-san.

Dass ich dir den Ball zuwerfen soll, war Kais Idee.

Zumindest in meiner Vorstellung.

Und jetzt ist es Zeit, dass du das ordentlich einsetzt!

Das war nur ein Gefühl ...

Wusstest du das?

71

Die Schulregeln sind auch locker.

Und auch die Events sind nicht zu anstrengend.

Man muss sich nicht zu sehr beim Lernen bemühen.

... und trotzdem geht's allen gut.

Möchtest du hier denn irgendwas tun?

... ist die Schule genau richtig, wenn man ungezwungen Spaß haben möchte.

Tja, in der Tat ...

Wollen wir uns mal nachts ins Schulgebäude schleichen?!

Ich möchte auf dem Heimweg mal einen Abstecher machen ...

... oder einfach nicht nach Hause gehen, bis der Mond zu sehen ist.

Ja!

Verglichen mit meinem bisherigen Alltag ...

77

Das ist echt nervig.

...

Sag nicht, dass es nervig ist.

BWRRRMM

Ich dachte, du bist auf ihrer Seite.

Was denn jetzt?!

Oder etwa doch nicht?

Miura-kun hat natürlich recht.

KLACK

... heißt das nicht, dass jetzt alles klappen kann.

Nur weil eine Sache gut gelaufen ist ...

Träume habe ich jedoch eine Menge.

AAAH

Hm?

Häääh?!

WAAAH

AAAAH

Sensei*, die Polizei!

WAAAH

Was ist da los?!

Unbefugte Personen!

WAAAH

Das ist echt gefährlich!

Was?!

*Anrede für Kunstschaffende, Lehrkräfte und medizinisches Fachpersonal

Ich weiß ni...

...

Ah!

Wie? Ihr wollt den Blonden auch fertigmachen?

Er heißt Miura.

Klasse 1-B!

Ach ja!

Ishimori ist doch noch im Klassenzimmer.

FLÜSTER

Ha... Hallo?!

Er ist hier!!

Genau! Er ist hier bei mir!!

FLÜSTER

Ihr wollt wissen, wo er gerade ist?

Aber ich habe nicht gesagt, dass ihr zur Schule kommen sollt ...

Ja, das freut mich schon ...

Nun ja, ihr macht es ja für mich ...

80

Du bist echt schlecht im Verstecken-spielen.

Wir haben dich ge-funden. ♡

Tut mir leid.

Ich mache das für meine Freundin.

Aber es gibt viele Träume, die hier wahr werden können.

... gibt es eigentlich nichts.

Draußen warten noch mehr Freunde von uns.

Aber wem denn?

»Sag irgend-wem, dass er dir hel-fen soll.«

Was soll ich denn jetzt machen?

Hier....

Komm mal mit.

83

Wa...

Hirghs.

Nach
Ishimori
...

... wolltet
ihr ...

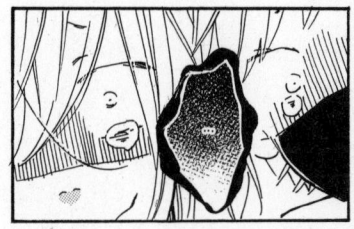

Lasst den verdammten Scheiß.

Ah!

Masashi!!

Ähm ...!

Miura kommt zu euch!

Ich wusste nicht, dass das so ein krasser Kerl ist!!

Masashi?!

Er da! Nein, ich kenne den gar nicht!!

...

So schlecht!

Aaah!

Das war Masashi!

Aaah! Masashi!

Masashi?!

Hey!!

Da sind sie!

Es war nie die Rede davon, dass ihr zur Schule kommen sollt!

Aber ich wollte doch ...

Ich war das nicht!

Das war Masashi ganz allein!!

Das gibt einen Schulverweis!!

Neiiin!!!

... hat er mich von sich gestoßen?

Es sind doch nichts ...

... als kleine, lächerliche Träume.

So etwas ...

... also muss ich mich auch darum kümmern.

Ich habe diesen Ärger verursacht ...

...

... auf jeden Fall, dass sie wahr werden.

Es hatte mir gereicht, mir das einfach nur auszumalen.

Schließlich ...

Aber jetzt ist es anders.

Ich möchte ...

... gibt es hier Miura-kun.

Ich habe keine Erfahrung damit ...

... und dennoch weiß ich genau, was das für ein Gefühl ist.

Ich kann nicht gut mit anderen umgehen.

Ich konnte mir das früher nicht mal vorstellen.

Ich habe auch keine Freunde.

Und schon gar keinen festen Freund.

Sparkle 3

Wie?
Habe ich gerade geschlafen?
Du warst voll weg.
Echt? Tut mir le...
Gäähn!
Hey!
Ah ha ha!
Also hört mal.
Ich wäre gerne wieder in eurem Alter.
Dann muss man sich noch um nichts sorgen.
POLTER
Sensei, das stimmt nicht.
Miura macht sich viele Gedanken.
Er beobachtet sein Umfeld immer sehr genau.
Und er sagt direkt, was er denkt ...
Ich will nicht arbeiten ...
Sensei, ich will YouTuber werden!
Huch?
WUTOMM
Lass das lieber. Du würdest nur gecancelt werden.
Jemand wie ich ...

DING

DONG

Ab nach
Hause!

Jepp.

... über
Miura-kun
reden.

Nanu?

Ayumi,
trägst du
Ohrringe?

... sollte ganz
sicher nicht
so offen ...

DANG

!

BOMM

Ja.

Ich
habe sie
gerade an-
gesteckt.

Wo hast
du die ge-
kauft?

Oh,
echt!!

Sü...

Ich
möchte
auch neue
haben.

Die sind
süß!

Sie stehen
dir.

101

... nichts mehr als das.

Allein das macht mich glücklich

Was ist mit Ishi-mori?

Hm? — Oh?

Ich wünsche mir ...

Ich bin einen kleinen Umweg gegangen.

Ich gehe durch die Stadt nach Hause.

... mit unterschiedlichen Schuluniformen.

Hier sind so viele Gleichaltrige ...

... und ebenfalls die Schuluniformen.

Man bewundert die Schulen ...

come on come on!!

Er studiert schon.

Ich habe jetzt einen Freund.

Bis denn. Viel Erfolg.

Das Parken ist echt teuer.

Aber komm jetzt!

...

Er hat es gesagt, um mich fortzustoßen.

Dennoch ...

...tief ins Herz.

...trafen mich Miura-kuns Worte...

»Glaubst du, dass das zu dir passen würde?«

»Vergiss es.«

Haaach!

Huch?! Ist Miura-kun etwa wütend?!

Geh nicht einfach so schnell nach Hause!!

Nein.

Äh.

Er hat ...

... meinen Kopf berührt.

Miura-kun! Takamine-kun!

Ich habe einen Umweg genommen ...

Wir wollten gerne etwas zusammen mit dir unternehmen, Ishimori-chan.

Besonders Kai.

Wa...

?!

Was denn nun?!

?!

Ein ernsthafter Einwurf.

Ganz ruhig!

Ishimori-chan, musst du irgendwann zu Hause sein?

Was hast du gesagt?!

Ich kann dich nicht hören.

Ah!

Ne...

...i...

Hä?!

Nnn ...

...n

...

... fünf.

Aber ...

Ach ...

Um ...

BRTSCH

Es tut mir echt leid.

Ich wollte nur ein wenig die Stimmung lockern ...

Jaja!

Ein anderes Mal! Dann ein anderes Mal!

Hör endlich auf, dich zu entschuldigen!

... aber das war die falsche Frage.

?!

Sorry ...

Bei euch beiden ...

... weiß man echt nicht, ob ihr euch versteht oder nicht.

Schon gut, Ishimori-chan.

...

Ich kümmere mich nicht um sie, weil's mir Spaß macht.

Es kommt echt selten vor, dass Kai sich so um ein Mädchen kümmert.

Stimmt. Miura-kun meinte gestern ...

Oh...

Wie ..?

... bereite ich Miura-kun damit nur Probleme.

... irgendetwas von selbst verursachtem Ärger.

Wenn ich jetzt einfach tatenlos stehen bleibe ...

Danke.

Schon gut!

Das muss nicht sein.

Ishimori-chan, sollen wir dich nach Hause bringen?

Ich muss mich zusammen-reißen ...

Darf ich euch ... vielleicht zum Eingang begleiten?

Und was macht ihr beiden jetzt?

Dort ... warten schon Satoru und Ayumi auf uns.

Ishimori, in welcher Richtung wohnst du?

Dann sagen wir jetzt Tschüss.

Karaoke ...

Wie ...

Ähm ...

Danke.

Wie oft willst du das noch sagen?

... siehst du ...

... dich eigentlich selbst?

Ich könnte es immer wieder sagen, aber es würde sicher nie reichen.

... etwa weiterhin überlegen ...

... ob du ein Stein bist ...

... oder nicht? Soll sich das ewig wiederholen?

Willst du ...

I...

Ich bin ...

... immer noch ein Stein.

...

Das ist doch egal.

Sei ein Stein.

Zum Beispiel bist du ganz schön sportlich.

... doch nur Zufall.

Das war ...

Wenn man es probiert ...

... dann kriegt man manchmal auch was hin.

Verheimliche ich ...

... et- was?

Und?

Was verheimlichst du sonst noch?

... hat doch längst seinen Anfang genommen.

Der Spitzname hat mir nur Kummer bereitet ...

... aber nun soll ich ihn in einen Schatz verwandeln?

Ich ...

... habe jetzt ...

... mehr Träume.

Es wird sicher lange dauern.

Aber ...

... ich werde dir ...

... damit nicht zur Last fallen, Miura-kun.

Für Außenstehende sieht es sicher aus ...

... als hätte ich dich geärgert und zum Weinen gebracht.

121

Ich ...

... werde ich nie wieder in meinem Leben treffen.

So einen Jungen wie Miura-kun ...

... und was er tut ...

Was er sagt ...

Ishimori-chan ist dir ...

... echt ergeben, Kai.

... es gibt jetzt kein Zurück mehr.

... darf mich nicht leichtfertig in jemand verlieben ...

Hachimitsu

Shinai

Wenn man ein Kind anspricht, das sich verlaufen hat ...

Mein Retter.

... hängt es danach sehr an einem.

Ein Gott.

... aber ...

Du bist aber der Einzige, der sie angesprochen hat, Kai.

Ich will selbst-bewusst genug werden...

...dass ich Miura-kun irgendwann sagen kann, dass ich ihn mag.

Genau so...

...möchte ich gerne werden.

Wie?!

Mein Stuhl hat eine Beule.

Juhu!

Echt?!

Jetzt mal langsam!

Äh?

Endo-san.

Ich habe ihr...

Die Sitzplätze werden neu verteilt.

... Wie?
Eh?
Hä?!
Ich dachte, dass wir Freundinnen sind!
Lag ich damit falsch?!
Ach ...
... wirklich?
Ach so.
Ishimori-san, dir ...
... muss man so etwas wohl direkt sagen.

Wir sind Freundinnen!

Hört auf zu flirten!

Hier. Zieht!

... kann es also mehrfach geben.

Hier, zieh bitte.

Seto, welche Nummer bist du?

Ich bin drei.

Sechs.

So ein Glück ...

He he he.

Dann werde ich dich ab jetzt Uka-chan nennen!

Und nenn du mich doch auch bitte Ayumi!

Ayumi

Satoru

Drei ...
ist ...

!

STRAAAHL

Äh?

Das wäre direkt neben Seto-kun!

Ich habe die Fünfzehn!!

A...

Ayumi-chan!

Nein.

Schon gut.

Ja.

Alles in Ordnung.

Wie? Was?! War das so klar?!

Ich hatte das Gefühl ... dass ihr zusammen seid.

Das ist nur einseitig von mir aus.

Wie?

Ich möchte mit dir Plätze tauschen!

Bitte!!

Tod...

...ernst.

...

Da...

I...

Ich möchte gerne im Unterricht von den Lehrern gesehen werden.

Und solche wundersamen Dinge ...

Ich bitte dich!

Auf gute Nachbarschaft.

Oh, sitzt du neben mir, Ayumi?

Danke.

Es kommt mir vor, als wäre ich sehr zufrieden mit mir ...

... können immer ...

POLTER

»Selbst als Stein ...

... bist du ein echter Edelstein.«

Sparkle 4

Links

Rechts

Be-
son-
ders ...

... rechts
ist ...

Ich kann
weder nach
rechts noch
nach links
schauen.

Tut mir leid, dass
mittendrin so ein
Mauerblümchen
sitzt.

Ihr
Schwarm

Dazwi-
schen

?!

POLTER

Natürlich nicht.

G...

Gar ni...

Weil sie keinen Umgang mit anderen hat, helfe ich ihr nur bei der Reha.

Sein Typ?

Ich finde das nicht lustig.

Nein, das weiß ich doch!

Das war nur ein Scherz.

Solche Dinge weiß ich überhaupt nicht über Miura-kun.

Was mag er denn für Mädchen?

Tja, Ishimori-chan ist sowieso überhaupt nicht Kais Typ.

Kai, lach doch mal ...

Nein, nicht nur solche Dinge.

Ich weiß auch ansonsten nichts über ihn ...

Ihr nervt!

Aber da ich jetzt neben ihm sitze ...

Na gut!

Ich werde ihn heimlich beobachten.

... über ihn herausfinden.

... möchte ich mehr ...

WIRBEL

WIRBEL

Erst jetzt ...

... merke ich, dass wir wirklich nebeneinander sitzen.

How many?

Five.

How many?

Er kann gut den Stift um den Finger drehen.

Er hat ordentlich geantwortet.

Five.

Englischunterricht

KLATSCH

KLATSCH

Oh.

Hey!

Ishimori, bitte klatsch nicht.

Die einzige Musterschülerin hier.

Oh!

Hngh!

... und wirft!

Ah!

BUMMS

PATSCH

Ishimori-san ist wirklich sehr nachsichtig mit uns.

HAH

Ja.

Das habe ich auch gedacht.

Entschuldigung ...

151

VERBEUG

Eine Verbeu-gung!

Mu ha ha!

Du bist funny, Ishimori-chan.

?!

Prust!

?!

Eine Verbeugung!

Wa...

Hallö-
chen ...

Hallö-
chen!!

Oooh!!

Häääh?!

PRUUUUST

Hallö-
chen!!

Kannst
du mir
das
verra-
ten?!

Was wäre
denn statt-
dessen richtig
gewesen?

Hal...

Du hättest
darauf einfach
Hallöchen ant-
worten sollen.

Ha ha.

Hab ich
doch gar
nicht!

Du kannst
ruhig noch
so bleiben,
wie du bist.

Gewöhn
dich in Ruhe
an die Klasse.

Kai, hör
bitte auf,
Ishimori-
chan so zu
foppen.

Wie?

Was?! Foppen?

155

Dieser Platz ...

Das werde ich.

Jetzt hast du es gesagt.

... ist verzaubert.

DING

DONG

DANG

Jetzt ist der Zauber gebrochen.

POTZ

FREU

FREU

Lasst uns essen gehen!

Echt beeindruckend.

157

Er ist komplett umringt.

Ich traue mich noch nicht, mich unter sie zu mischen.

Oh!

Ich muss die Mütze zurückgeben!

RASCHEL

Huch?

Hm?

Gib sie zurück!

Wurde er fortgezaubert?!

Wie?

Ach, wirklich?

Manchmal verschwindet er einfach.

Wo ist er denn hin?!

Ich weiß wirklich kaum etwas über ihn.

Schon wieder?!

Nanu?!

Kai ist verschwunden!!

Das kann gar nicht sein!!

Wir gehen ihn su-chen!

Und ich?

Vielleicht sollte ich auch nach ihm suchen.

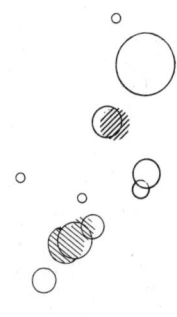

Er ist wirklich nirgendwo zu finden.

Ich bewege mich immer mehr dorthin, wo kaum noch jemand ist ...

...

Eine Zitronenbrause.

RATTER

Lagerraum

Ähm ...

... Entschuldigung ...?

Ein Lagerraum?

Es ist niemand hier.

...

Hm?

Ich geh lieber wieder.

SCHWUPP

Sie erstarrt, wenn sie sich erschrickt.

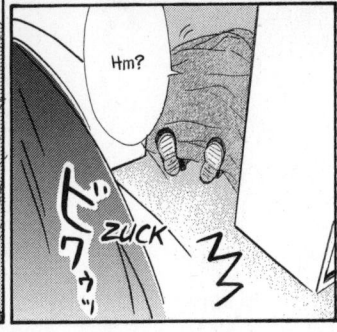

Hm?

ZUCK

Mi...

...u...

...ra...

...kun...

Wo bist du?

Eh?

Oh.

Ishimori.

... und mach die Tür zu.

Sei ruhig ...

Kai!

Miura-kun?!

Er-schrick mich nicht so.

I... Ich habe mich ...

... viel mehr erschrocken.

Kai!

Schnell!

J...

Ähm
...

Warum...

Hier ist er nicht.

...

Aber wo ist er denn?

PITSCHAMM

Ja.

Nicht immer.

Aber wenn ich müde bin, komme ich oft her.

Müde?

In der Mittagspause bin ich nun mal müde.

...ist er hier?

We...

Wenn du manchmal verschwindest...

...kommst du dann...

...hierher?

163

Ich wollte dir etwas zurückgeben.

Das ist dein Cappy.

Aah.

... daher überrascht mich das.

Dann ...

Warum?

... gehe ich jetzt.

Wie?

»Warum«?!

Ach ...

Warum bist du überhaupt hergekommen?

Vielen lieben Dank.

... ein Cappy trägst ...

... dachte ich, dass es dir wichtig wäre ...

Hast du es gewaschen?

War das etwa falsch?!

Nein.

Aber ...

Doch das hätte nicht sein müssen.

... weil du immer ...

Puh, ein Glück!

165

...

Nicht wirklich.

Er murmelt.

Ich frage mich...

... Miura-kun.

...wie viele Personen du eigentlich in dir vereinst...

Darf ich etwa noch hierbleiben?

Ishimori.

Ich schlafe jetzt. Weck mich später.

Ja!

Äh ...!

Okay.

Willst du dich nicht hinsetzen?

... undurch-
schaubar.

Du scheinst
so viele
Gesichter
zu haben.

Meine
zerzausten
Haare ...

Irgendwie
wirkt er ...

Sein
Cappy ...

... inte-
ressiert
mich.

Ich kann
meinen Blick
nicht von dir
abwenden.

Und
seitdem
gehören
sie ...

... irgend-
wie zu mir.

Wie?

Weil meine
Haare nach
dem Schlafen
immer zer-
zaust sind ...

... habe ich
angefangen,
Cappys zu
tragen.

Zer-
zauste
Haare
...

... dass
ich mich
Miura-
kun...

Hey.

... so nah
fühlen
könnte?

Ah ha
ha!

Tut mir
leid!

169

... entdeckt.

Zerzauste Haare ...

Darf ich sauer werden?

So süß ...

Ich habe eine ungeahnte Seite an ihm ...

Kai!

Dann verrate zumindest, warum du immer verschwindest!!

Weil es ermüdend ist, rund um die Uhr mit anderen zusammen zu sein.

... erfahren.

Tja.

Wo bist du denn gewesen?!

Ein »Tja« reicht nicht!

Du antwortest komisch.

Du verrätst nie, wo du dich versteckst!

Soll ich jetzt den Mund halten?

Ich habe etwas Neues ...

War Ishimori-chan etwa bei dir?

Hä?!!!

War das nicht nur, weil er müde war?!

Genau.

Mehr noch als gestern ...

Was denn?

Und Ishimori-chan stört nicht?

Ach du Sch...!! Und ich habe mich die ganze Zeit dazugesetzt!!

Ishimori ist doch eher ein Mineral.

... dieser Moment heute da- für sorgen ...

BWUMM

Ein Mineral?

Was heißt das?

Mineral = Stein

... könnte ...

Ishimori-chan!

Wo war Kai denn?!

... und als könnte ich einfach so davonfliegen.

... als wären mir Flügel gewachsen ...

Haben Kai
und Uka-chan
etwa doch was
miteinander?

Hi hi.

Ishimori-chan tut mir echt leid.

He. he.

Sag das nicht, obwohl du weißt, dass das nicht stimmt.

Er mag hübsche Mädchen mit offenem Haar.

Eine lockere, gelassene Person, die oft lacht.

Tja, Kais Vorliebe ist nun mal anders.

Das klingt aber sehr konkret.

So ist er nun mal.

Entspricht aber der Wahrheit.

Honey Lemon Soda Band 1 – Ende

Hallo. Es freut mich, euch kennenzulernen oder wiederzutreffen. Ich heiße Mayu Murata.

Vielen Dank, dass ihr den ersten Band meiner dritten Mangaserie *Honey Lemon Soda* in die Hand genommen habt. Fortan könnt ihr sie gerne mit HLS abkürzen.

· Das sind frühe Designzeichnungen von Uka und Kai. Ich habe eine Weile gehadert, ob ich lange oder, wie im endgültigen Design, halblange Haare nehmen soll. (Es gab mehrere Gründe, warum es am Ende so geworden ist) Was gefällt euch denn besser?

← Nur ein Konzeptbild. Ganz so düster ist die Geschichte doch nicht geworden.

← So ein Design habe ich auch gemalt. Ich habe es am Ende von Sparkle 1 verwendet.

Kais Frisur war ursprünglich so, → aber weil er damit zu sehr an den Protagonisten meines vorherigen Mangas erinnerte, habe ich es geändert.

Coverillustrationen

Mir gefallen der Aufbau, die Blickrichtungen und die Gesichtsausdrücke. Ich habe mit der Redaktion und dem Designteam bis zum Schluss daran gefeilt.

Ich habe neun verschiedene Varianten gezeichnet und einige sind hier abgedruckt.

← Das Bild gefällt mir sehr. Aber da man beim ersten Band die Beziehung der beiden besser erkennen soll, wurde es abgelehnt.

Bisher habe ich auf den Buchcovern meistens nur die Protagonistin gezeichnet, weswegen sich das für mich wirklich erfrischend angefühlt hat.
Für meine ersten Designs auf einem weißen Hintergrund ist es richtig schön geworden, oder?

Ich habe aber natürlich nur das Design eingereicht und der Rest wurde dann vom Designteam übernommen. ◊

Die göttliche Assistentin Fumi-chan

Sie kommt jeden Monat aus Fukuoka.

Meine göttliche Assistentin Fumi-chan ist seltsam.

Da. Da ist es!

Hä ...?

Ist das nicht eine seltsame Reaktion?

Da ist es.

Wow.

Solange es nicht eklig ist, geht es bestimmt ...

Kannst du Horror ab?

Als wir gemeinsam einen gruseligen Film gesehen haben

Habt ihr es nun verstanden?

Meine göttliche Assistentin Fumi-chan ist cool.

Cool ...

... die Klingen zwischendurch zu tauschen.

C...

Ich habe ja keine Zeit ...

Ich bin jederzeit einsatzbereit!

Ich habe schon zwei Cutter mit neuen Klingen versehen.

Fumi-chan, ich bringe dir zehn Seiten auf einmal. Kannst du Rasterfolie aufkleben?

X Stunden vor dem Abgabetermin

Sensei ...

Gerade erst fertig gezeichnet →

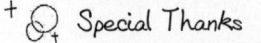
Fumi-chan hatte letztes Jahr ihr Debüt im Magazin *Ribon*.

+ ✿ Special Thanks ✿ + +

◇ Redaktion   ◇ Familie   ◇ Freunde

◇ Fumiko (Fumi) Shirosaki-chan   ◇ and ◇◇ you.

⇩ Post bitte an diese Adresse ⇩

TOKYOPOP GmbH
Redaktion
Curienstraße 2
Haus am Domplatz
22095 Hamburg
Mayu Murata

Ich freue mich auf eure Kommentare?

TOKYOPOP GmbH
Hamburg

TOKYOPOP
1. Auflage, 2025
Deutsche Ausgabe/German Edition
©TOKYOPOP GmbH, Hamburg 2025
Aus dem Japanischen von Lasse Christian Christiansen

HONEY LEMON SODA © 2016 by Mayu Murata
All rights reserved.
First published in Japan in 2016 by SHUEISHA Inc., Tokyo.
German translation rights in Germany, Austria, Luxembourg
and German-speaking Switzerland arranged by SHUEISHA Inc.
through VME PLB SAS, France.

Redaktion: Madlen Beret
Lettering: Vibrant Publishing Studio
Herstellung: Rita Geers, Nils Bornemann
Druck und buchbinderische Verarbeitung:
CPI – Clausen & Bosse GmbH, Leck
Printed in Germany

ISBN 978-3-7593-0988-4

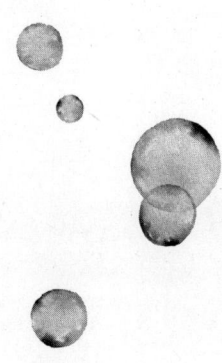

Honey Lemon Soda

I♥SHOJO
少女漫画が大好き

News　　Vorschau　　ShoCo Cards　　My Shojo Moments　　Community ∨　　About　　Shop　　☆ VIP-Bereich ☆

ShoCo Cards

ShoCo Card steht für **SHO**JO **Co**llectors **Card**.

Seit April 2014 erscheint jeden Monat ein neuer SHOJO Top-Titel, dem in der Erstauflage eine ShoCo Card zum Sammeln beiliegt. Außerdem erscheinen zwischendurch auch ganz spezielle ShoCo Cards – wie zum Beispiel die Halloween ShoCo Card im Halloween Pack von *Scary Lessons!*

Die Vorderseite ziert eine hübsche Illustration zum jeweiligen Manga und auf der Rückseite findest du einen Steckbrief und Infos zu der entsprechenden Mangaka.

Auf dieser Seite erfährst du, in welchen Manga die begehrten **ShoCo Cards** beiliegen und in welchem Monat sie erscheinen. Aber beeil dich, wenn du alle Karten sammeln möchtest: Nur in der Erstauflage sind die Karten enthalten!

Alle　2022　2023　2024　2021　2020　2019　2018　2017　2016　2015　2014

August 2024: Black Marriage, Band 01

Juli 2024: Marmalade Boy, Band 01

Juni 2024: Though I am an Inept Villainess, Band 01

Mai 2024: Animal Crossing: New Horizons – Unbeschwertes Inselleben

April 2024: Shunkan Lyle, Band 01

März 2024: Magic Circle Chrono Canon, Band 01

Seite durchsuchen...　　LOS

✉ **Kontakt**

Du erreichst uns jederzeit unter:
iloveshojo@tokyopop.de.

Neue Fragen aus der Community

Hey liebes i Love shojo Team, ich wollte fragen wie es mit einem Nachdruck von Marmalade Boy aussieht, da ja diesen Monat Marmalade Boy little erschienen ist.
gefragt von Monja

Tagchen liebes ILS-Team, wie schaut es aus mit den neuen ILS-Postkarten? Es müssten ja ab Juni 3 neue herauskommen, aber im Webshop ist keine Spur davon. Verspäten die sich einfach, oder fallen die aus, oder wird es keine ILS Postkarten mehr geben? :O
gefragt von Nika

Hey liebes ILS-Team! Wann wird ca. das neue Yomimono veröffentlicht? Freue mich schon auf die Leseproben! Vielen Dank!
gefragt von Kathi

Interviews, Fanart, ShoCo Card Übersicht und noch vieles mehr erwarten euch!

Du bekommst von uns nie genug?

Entdecke tokyopop.de und shoppe die neusten Manga-Hits direkt bei uns.

MARMALADE BOY LITTLE

Wataru Yoshizumi

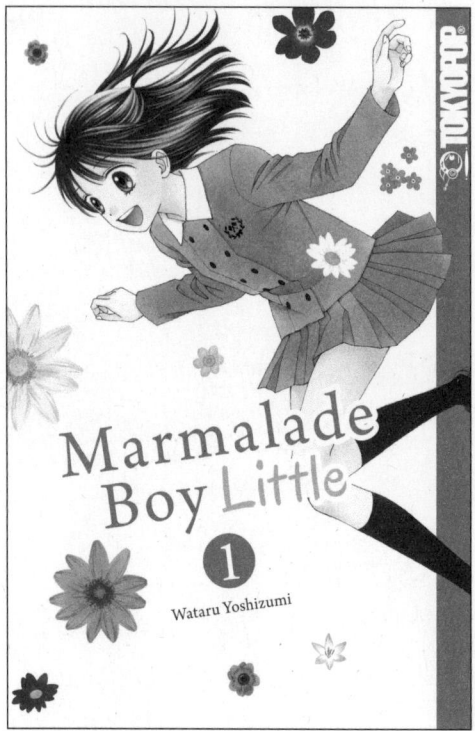

»Wir sind wir und das ist gut so!«

Rikka wächst in einer Patchworkfamilie auf. Mit sechs Jahren er-
fährt sie, dass sie und ihr vermeintlicher Bruder, der gleichaltrige
Saku, gar nicht blutsverwandt sind. Das macht für sie natürlich
überhaupt keinen Unterschied! Oder etwa doch? Denn als sie ein
paar Jahre später zusammen auf die Mittelschule kommen, ent-
steht ein wahres Wirrwarr der Gefühle. Während Rikka sich auf
den ersten Blick verliebt, hat Saku bald eine Verehrerin. Und das
bringt zwischen den beiden so einiges durcheinander …

www.tokyopop.de

MARMALADE BOY
PERFECT EDITION

Wataru Yoshizumi

Süß wie Marmelade!

Mikis Leben steht kopf! Ihre Eltern wollen sich trennen, mit einem anderen Paar die Partner tauschen, und dann sollen auch noch alle unter einem Dach leben?! Miki ist schockiert und wild entschlossen, das bunte Treiben zu verhindern. Als sie jedoch ihren Stiefbruder Yu kennenlernt, sieht die Welt plötzlich ganz anders aus. Sie lässt sich auf das Experiment ein und so steht dem fröhlichen Patchwork-Familienleben nichts mehr im Wege ...

www.tokyopop.de

DIE WELT RETTET DICH

Yoko Maki

»Wenn man verliebt ist, soll alles in der Welt plötzlich strahlen.«

Hiro wird von allen nur »Fräulein Penibel« genannt, weil sie ihre
Mitschüler und Mitschülerinnen ständig auf ihre Verstöße ge-
gen die Schulordnung hinweist. So findet man natürlich keine
Freunde! Doch als sie dem vermeintlichen Rowdy Ryo zu Hilfe
kommt und dieser sich unbedingt mit Hiro anfreunden will,
scheint sich das Blatt zu wenden. Vier bislang unveröffentlichte
Kurzgeschichten von *Sparkly Lion Boy*-Autorin Yoko Maki!

www.tokyopop.de

AISHITERUZE BABY**

Yoko Maki

Plötzlich Babysitter!

Der 17-jährige Kippei genießt sein Highschool-Leben als Mädchenschwarm in vollen Zügen. Doch eines Tages wird seine fünfjährige Cousine Yuzuyu von ihrer Mutter bei den Katakuras zurückgelassen – und ausgerechnet Kippei wird dazu verdonnert, sich um das kleine Mädchen zu kümmern! Wird Yuzuyu ihren neuen »großen Bruder« für sich gewinnen können?

www.tokyopop.de

MIRACLES OF LOVE
NIMM DEIN SCHICKSAL IN DIE HAND

Io Sakisaka

Liebe in all ihren Farben

Obwohl sie völlig unterschiedliche Ansichten zum Thema Liebe haben, freunden sich die verträumte Yuna und die realistische Akari an. Yuna verliebt sich in Akaris attraktiven Bruder Rio. Doch Akari rät ihr von Rio ab und bringt stattdessen Yunas Sandkastenfreund Kazuomi ins Spiel. Aber für Yuna muss die Liebe sie wie ein Blitz aus heiterem Himmel treffen. Außerdem scheint sich Akari Kazuomi anzunähern ...

www.tokyopop.de

BLUE SPRING RIDE 2IN1

Io Sakisaka

Die beliebte Romance-Reihe als Neuauflage!

Für Futaba beginnt ein neuer Lebensabschnitt: die Highschool-Zeit! Und da dies eine gute Gelegenheit ist, um Vergangenes hinter sich zu lassen, möchte sie ihre niedliche Art ablegen, die sie schon so oft in Schwierigkeiten gebracht hat. Bereits am ersten Schultag erblickt Futaba in ihrem früheren Schwarm Kou ein bekanntes Gesicht. Doch er sieht nachdenklich aus und wirkt unnahbar. Was wohl in ihm vorgeht ...?

www.tokyopop.de

STOPP!

**Dies ist die letzte Seite des Buches!
Du willst dir doch nicht den Spaß verderben
und das Ende zuerst lesen, oder?**

Um die Geschichte unverfälscht und original-
getreu mitverfolgen zu können, musst du es
wie die Japaner machen und von rechts nach
links lesen. Deshalb schnell das Buch um-
drehen und loslegen!

So geht´s:

Wenn dies das erste Mal sein
sollte, dass du einen Manga
in den Händen hältst, kann dir
die Grafik helfen, dich zurecht-
zufinden: Fang einfach oben
rechts an zu lesen und arbeite
dich nach unten links vor.
Viel Spaß dabei wünscht dir
TOKYOPOP®!